GRANDES CLÁSSICOS

O Essencial dos Contos Russos

© Sweet Cherry Publishing
The Easy Classics Epic Collection: Crime and Punishment.
Baseado na história original de Fyodor Dostoevsky, adaptada por
Gemma Barder. Sweet Cherry Publishing, Reino Unido, 2021.

Dados Internacionais de Catalogação na Publicação (CIP)
Angélica Ilacqua CRB-8/7057

Barder, Gemma
  Crime e castigo / baseado na história original de Fiódor Dostoiévski ;
adaptada por Gemma Barder ; tradução de Aline Coelho ; ilustrações de Helen
Panayi. - Barueri, SP : Amora, 2022.
  128 p. : il. (Coleção Grandes Clássicos : o essencial dos contos russos)

ISBN 978-65-5530-426-8

1. Ficção russa I. Título II. Dostoiévski, Fiódor III. Coelho, Aline IV. Panayi, Helen
V. Série

22-6615   CDD 891.73

Índices para catálogo sistemático:
1. Ficção russa

1ª edição

Amora, um selo da Girassol Brasil Edições Eireli
Av. Copacabana, 325, Sala 1301
Alphaville – Barueri – SP – 06472-001
leitor@girassolbrasil.com.br
www.girassolbrasil.com.br

Direção editorial: Karine Gonçalves Pansa
Coordenação editorial: Carolina Cespedes
Tradução: Willians Glauber
Edição: Mônica Fleisher Alves
Assistente editorial: Laura Camanho
Design da capa: Helen Panayi e Dominika Plocka
Ilustrações: Helen Panayi
Diagramação: Deborah Taikashi
Montagem de capa: Patricia Girotto
Audiolivro: Fundação Dorina Nowill para Cegos

Impresso no Brasil

Crime e Castigo

Fyodor Dostoevsky

amora

OS RASKOLNIKOVS

Sra. Raskolnikov
Chefe da família

Rodya Raskolnikov
Filho

Dounia Raskolnikov
Filha

Dimitri Razumikhin
Amigo de Rodya

OS MARMELADOVS

Marmeladov
Chefe da família

Sofya Marmeladov
Filha

OS IVANOVNAS

Alyona Ivanovna
Idosa dona da casa de penhores

Lizaveta Ivanovna
Irmã

OUTROS

Oficial Zamyotov
Policial

Petrovich
Detetive

Pyotr Luzhin
Noivo de Dounia

Svidrigailov
Antigo patrão de Dounia

CAPÍTULO UM

Rodya Raskolnikov sentou-se na cama um tanto desgastada e olhou à sua volta no minúsculo apartamento onde morava. Ele vivia em uma área pobre de São Petersburgo. O papel que cobria as paredes estava descascado e o tapete, gasto, já meio sem forma. Ele passou as mãos pelos longos cabelos ruivos. Como sua vida tinha chegado a esse ponto?

Ele, que foi o estudante de direito mais talentoso da universidade onde estudava. Agora passava os dias imaginando como ia conseguir fazer a próxima refeição.

Se pelo menos eu tivesse dinheiro, pensou Raskolnikov, torcendo as mãos. *Se eu tivesse dinheiro, poderia pagar as minhas contas, voltar aos estudos e me tornar advogado. Eu poderia ajudar tantas pessoas.*

Mas Raskolnikov conhecia alguém que tinha muito dinheiro. Alyona Ivanovna, uma senhora dona de uma casa de penhores. Ela dava pequenas

quantias de
dinheiro às pessoas
em troca de itens
caros, para depois
vendê-los por um
valor alto e assim
ter um grande lucro.

Ela percebia o desespero de uma pessoa e se aproveitava disso para ficar rica.

Raskolnikov já tinha feito negócios com Alyona algumas vezes. Desesperado para pagar a comida e o aluguel, havia vendido muitos de seus pertences preciosos para ela.

Ela é só uma vida, pensou Raskolnikov. *Uma vida comparada às milhares que eu poderia ajudar assim que pagasse as minhas contas e me formasse em advocacia.*

Raskolnikov tinha um plano. Ele precisava mudar de vida e sabia exatamente como. Deveria matar Alyona Ivanovna e pegar todo o dinheiro dela.

Essa, com certeza, era a pior coisa que ele já havia se imaginado fazendo, porém, achava que não tinha outra escolha.

— Quem está aí? — perguntou uma voz fraca e trêmula atrás da porta da loja de penhores. Alyona Ivanovna era bem idosa e frágil.

— Sou eu, Rodya Raskolnikov, senhora Ivanovna — disse ele. — Já nos encontramos antes. Vim lhe mostrar meu relógio. Estou precisando de mais dinheiro.

Lentamente, Alyona Ivanovna abriu a porta para deixá-lo entrar. Ela era baixinha e encurvada por conta da idade. E a loja, escura e mofada. Anéis, colares, relógios e todo tipo de itens preciosos brilhavam por trás das vitrines de vidro.

Olhando aquilo tudo, Raskolnikov percebeu alguns dos próprios pertences sendo exibidos ali.

— Aqui está meu relógio — disse Raskolnikov. Era uma das últimas coisas que ele possuía e poderia vender. — Acho que vale algumas moedas.

A velha se virou para pegar a lupa.

É *agora!* pensou Raskolnikov. *Esta é minha chance!*

Mas ele não conseguiria cometer tal ato. Naquele momento, matar alguém era algo que ele acreditava jamais ser capaz de fazer. Em vez disso, aceitou as moedas que a mulher ofereceu a ele em troca do relógio e se virou para sair da loja.

Raskolnikov estava zangado consigo mesmo. Estava tão certo do plano que havia traçado e agora tinha perdido a chance de colocá-lo em prática. Ele balançou a cabeça frustrado.

— Na verdade, — disse ele antes de sair, — eu tenho uma caixa de joias que também gostaria de mostrá-la à senhora. Vale muito mais que o meu relógio velho.

Alyona Ivanovna apertou os olhos.

— Tudo bem — ela disse. — Traga para que eu possa dar uma olhada.

CAPÍTULO DOIS

Raskolnikov voltou ao seu apartamento sentindo-se desanimado. Ele esteve tão perto de concluir seu plano, mas ao mesmo tempo se sentiu fraco demais para levá-lo adiante. A única coisa que ele poderia esperar era que a coragem não lhe faltasse de novo quando retornasse com a caixa de joias em mãos.

E foi então que Raskolnikov viu uma carta no capacho. E reconheceu a caligrafia imediatamente.

Querido filho,

Estou escrevendo para lhe dar notícias de sua irmã, Dounia. Como você sabe, nos últimos meses ela tem ganhado um bom dinheiro como babá, trabalhando para a família de um homem chamado Svidrigailov. Infelizmente, Dounia precisou deixar esse emprego. Svidrigailov confessou estar apaixonado por ela, apesar de já ser casado. Dounia acha que deve deixar a casa, como também aquele homem terrível, de uma vez por todas.

Nós não temos muito dinheiro. O pouco que tínhamos, usamos para financiar seus estudos. Sem seu apoio, Dounia não tem escolha a não ser se casar para que assim possamos sobreviver. Há muito tempo, Pyotr Luzhin deseja se casar com Dounia. E ele é rico e respeitável...

Raskolnikov amassou a carta e a jogou do outro lado da sala. Através das cartas da mãe, Raskolnikov sabia que Dounia poderia se casar com alguém muito melhor do que Pyotr Luzhin. Ele era rico, é verdade, mas arrogante, e trataria Dounia não muito melhor do que uma empregada. E Raskolnikov sabia que esse casamento era a última coisa que Dounia desejava na vida. No entanto, ela foi forçada a aceitar a proposta feita por Luzhin por causa de seus estudos e sonhos.

Raskolnikov então levantou-se determinado. Naquele momento era como se uma outra pessoa, alguém muito mais forte, tivesse invadido o corpo dele. E, desta vez, ele não iria desistir do plano que havia traçado.

A carta da mãe era mais uma prova de que era o único caminho que ele poderia tomar. Ele tinha que pegar o dinheiro de Alyona Ivanovna não só para se tornar um advogado, mas também para salvar a irmã do fardo de precisar se casar com um homem daquele tipo.

Raskolnikov saiu do apartamento, pegou um machado no depósito de lenha do beco e o escondeu dentro do casaco. E então voltou para a loja de penhores.

CAPÍTULO TRÊS

Raskolnikov acordou atordoado. Ele estava no sofá no qual havia desmaiado de exaustão na noite anterior. Sua mente foi invadida pelo que tinha feito. Ele havia matado Alyona Ivanovna, embolsado o dinheiro dela e alguns punhados de joias. O plano tinha sido concluído, mas não saiu como o esperado.

A irmã de Alyona, Lizaveta, acabou entrando na loja. E porque ela tinha visto o que acontecera, Raskolnikov não viu outra opção senão matá-la também. Ele não queria matar Lizaveta, mas não conseguiria evitar.

Além disso, ele usaria o dinheiro para pagar os estudos, logo, o que eram duas vidas como forma de pagamento para as milhares de outras que ele poderia ajudar quando finalmente se tornasse um advogado qualificado?

Raskolnikov estava imerso nesses pensamentos desesperados quando a porta do apartamento dele foi sacudida por uma batida.

Ele espiou pela fresta e viu um envelope de aspecto importante sobre o capacho: tinha o brasão oficial da Polícia de São Petersburgo. Certo de que a polícia tinha descoberto o que havia feito, Raskolnikov abriu o envelope com as mãos trêmulas. A carta continha um pedido oficial para que ele fosse até a delegacia naquela mesma manhã.

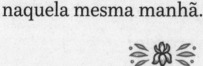

— Você é Rodya Raskolnikov? — perguntou o jovem policial. Raskolnikov assentiu, mas foi incapaz de falar uma palavra sequer. — Obrigado por ter vindo. Meu nome é Zamyotov. Receio que tenhamos recebido uma reclamação sobre o senhor.

A garganta de Raskolnikov estava seca.

— Uma reclamação? – resmungou ele.

— Sim, de sua senhoria. Ela disse que o senhor não paga seu aluguel há quase três meses. — O policial coçou a cabeça e revirou alguns papéis que tinha à sua frente. — Isso é verdade?

Sentindo enorme alívio, Raskolnikov finalmente encontrou voz para falar algo.

— Receio que sim, policial. Ultimamente não tenho tido muita sorte.

O oficial Zamyotov balançou a cabeça.

— Entendo — disse, gentilmente. — Há muita gente na mesma situação que o senhor. E algumas pessoas estão tão desesperadas que acabam fazendo coisas terríveis.

Raskolnikov olhou para cima e perguntou:

— Que tipo de coisas?

— Esta manhã, a velha Alyona, a dona da casa de penhores, e a irmã dela foram encontradas mortas na loja

delas. Alguém as matou por dinheiro e um punhado de joias — respondeu o oficial Zamyotov.

Raskolnikov já não conseguia mais pensar com clareza. — Mas que... que horror — ele disse. — E já sabem quem pode ter feito isso? O policial Zamyotov olhou para Raskolnikov por um momento antes de responder.

— Ainda não, mas é uma questão de tempo. As pessoas que cometem esses tipos de crimes sempre são descobertas no final.

Raskolnikov não ouviu mais nada. Ele caiu no chão e tudo escureceu à sua volta.

CAPÍTULO QUATRO

Raskolnikov abriu os olhos e se lembrou de onde estava.

— Está bem, senhor Raskolnikov? — perguntou o policial Zamyotov, entregando um copo de água a Raskolnikov. — Acredito que o senhor tenha desmaiado.

— Eu estou bem — mentiu Raskolnikov. Ele precisava ir embora da delegacia. — É que não comi nada hoje, só isso.

O oficial Zamyotov assentiu.

— Pareceu-me que a notícia sobre os assassinatos o aborreceu — observou ele. — Conhecia a senhorita Ivanovna? — Não — disse Raskolnikov rapidamente. — Ou melhor, conheço, sim, um pouco. Ela comprou um relógio meu ontem. Mas não éramos amigos.

O oficial Zamyotov olhou para Raskolnikov enquanto o copo em sua mão começava a balançar.

— Obrigado por sua ajuda — disse Raskolnikov ao se levantar com cuidado. — Com certeza vou pagar minha senhoria assim que puder.

Sem esperar pela
resposta do policial,
Raskolnikov saiu da
delegacia em busca de
ar. Ele se sentia tonto
e abalado. E decidiu
visitar um dos velhos
amigos que morava perto
da universidade, lugar onde ambos
tinham vivido dias muitos felizes.

Dimitri Razumikhin tinha a mesma
idade de Raskolnikov, mas parecia
dez anos mais jovem. Tinha o cabelo
curto e arrumado, e usava roupas
elegantes. Era forte e saudável,
como Raskolnikov um dia havia
sido. O apartamento onde morava

na universidade era limpo, quente e arrumado.

Dimitri ficou feliz em receber o velho amigo, mas se mostrou preocupado com a aparência de Raskolnikov, que parecia magro, doente e cansado.

— Por que não fica aqui comigo por alguns dias? — perguntou Dimitri. — Tenho espaço suficiente para nós dois.

Raskolnikov balançou a cabeça.

— Eu estou bem. Só queria mesmo ver um rosto amigo. Espero não demorar muito para eu estar de volta aqui na universidade com você. Mas agora preciso ir. Estou me sentindo muito cansado.

— Deixe pelo menos que eu o leve para casa. — disse Dimitri.

Raskolnikov apoiou-se no braço do amigo enquanto se afastavam da universidade, indo na direção daquela área desagradável da cidade. Dimitri ajudou Raskolnikov a subir as escadas para o apartamento, viu quando ele caiu na cama e dormiu.

CAPÍTULO CINCO

Dias se passaram e Raskolnikov continuou na cama. Dimitri tentou alimentar o amigo, mas, devido à febre, Raskolnikov não comia. Mas no quarto dia, começou a respirar com mais facilidade.

Ele se sentou na cama e olhou à sua volta.

— O que aconteceu comigo? — perguntou. E quis saber também quanto daquilo que ele achava que tinha acontecido nos últimos dias era um sonho.

— Você estava doente, meu amigo — respondeu Dimitri. — E foi me ver lá na universidade, lembra?

Foi então que a realidade da semana anterior atingiu Raskolnikov em cheio, como um soco no estômago. Não tinha sido um sonho. Ele era um assassino. Havia roubado o dinheiro e as joias que estavam ali

no apartamento! Raskolnikov não podia correr o risco de que Dimitri os encontrasse.

— Agradeço por tudo o que você fez por mim —, Raskolnikov começou a falar de forma apressada. Em seguida, jogou as pernas

para fora da cama e se vestiu. — Você provavelmente está perdendo suas aulas. Talvez seja hora de voltar e…

Dimitri se levantou, confuso com o comportamento rude do amigo.

— Tudo bem, claro, se você tem certeza disso.

Antes que Raskolnikov pudesse responder, outro cavalheiro apareceu na porta do apartamento. O homenzinho bem-vestido até bateu, mas não esperou ser convidado para entrar. Deu então alguns passos para dentro do apartamento e olhou em volta.

Os olhos dele encararam as cortinas esfarrapadas e o papel de parede descascado como se fossem algo profundamente desagradável.

— Posso ajudá-lo? — perguntou Raskolnikov, irritado com a intrusão.

— Meu nome é Luzhin — respondeu o homem.

— Alguém me disse que o irmão da minha noiva mora aqui, mas acho que provavelmente errei o endereço. — Ele mediu Raskolnikov com os olhos, da roupa surrada ao cabelo bagunçado.

— O endereço não está errado, senhor. Sou Raskolnikov, irmão de Dounia.

Luzhin deu uma risadinha.

— Bem, Dounia contou que a família dela não estava bem, mas não mencionou que o irmão era um mendigo!

Com isso, Dimitri se colocou na frente do homem. A expressão no rosto dele era inflexível.

— Acho que seria melhor o senhor ir embora — disse Dimitri.

— Obrigado, Dimitri — disse Raskolnikov. — Preciso mesmo descansar. Se puder levar o Sr. Luzhin até a porta, eu ficaria muito grato. Logo irei visitar você.

Dimitri e Luzhin se entreolharam e saíram em silêncio da casa de Raskolnikov.

CAPÍTULO SEIS

Raskolnikov sentiu o peso da culpa sobre os ombros. Agora ele tinha dinheiro para voltar a estudar, mas estava morrendo de medo de tocar no dinheiro e nas joias que havia escondido pelas paredes do apartamento.

Raskolnikov pegou algumas das moedas que havia recebido em troca do relógio e bateu na porta do apartamento da senhoria dele.

— Como conseguiu esse dinheiro? — perguntou a mulher, contando as moedas antes de colocá-las no bolso.

— Penhorei meu relógio — Raskolnikov disse baixinho.

— Você teve sorte de chegar à casa de penhores antes que a dona fosse morta! Que coisa horrível. — A senhoria balançou a cabeça e puxou o lenço para mais perto do queixo.

— Bem, pelo menos encontraram a pessoa que fez isso — suspirou ela.

Todos os cabelos do pescoço de Raskolnikov se arrepiaram.

— Encontraram? — resmungou ele.

— Sim, um homem confessou esta

manhã — sussurrou a senhoria. —
Agora todos nós podemos nos sentir
seguros nas nossas camas outra vez!

Raskolnikov concordou e se virou.
Sua mente ficou confusa enquanto
os pés o levaram para a rua. *Alguém
confessou*, pensou ele. *E eu estou livre.*
Mas saber disso não pareceu ser algo
tão bom quanto ele achou que seria.
Antes que pudesse perceber o que
estava fazendo, Raskolnikov
se viu parado diante da
loja de penhores. Estava
cercada por policiais.

— Bom dia, Sr.
Raskolnikov — disse
uma voz familiar.

Era o oficial Zamyotov. — Parece estar melhor.

Raskolnikov tentou sorrir.

— Obrigado. Fiquei sabendo que alguém confessou os assassinatos.

— Sim — respondeu o oficial com alegria. — Ao que parece, caso encerrado.

— Está longe de ser encerrado — a voz de um homem mais velho pôde ser ouvida. O oficial Zamyotov o apresentou como sendo Porfiry Petrovich, detetive sênior encarregado do caso de assassinato.

— Por que está dizendo isso? — perguntou Raskolnikov, evitando o olhar do detetive.

— Porque quase ninguém que comete um assassinato confessa o crime. E esse homem foi visto em outro lugar da cidade na mesma hora dos assassinatos. Não foi ele — respondeu o detetive Petrovich. O coração de Raskolnikov batia forte.

— Por que alguém admitiria um assassinato que não cometeu? O detetive Petrovich olhou para Raskolnikov, que mantinha os olhos fixos na loja de penhores.

— As pessoas fazem coisas estranhas, Sr. Raskolnikov — disse ele. — E é nosso trabalho levá-las à justiça.

CAPÍTULO SETE

Raskolnikov não gostou do detetive. E sentiu como se Petrovich fosse capaz ver sua mente por dentro. Os passos de Raskolnikov o levaram, como muitas outras vezes, para uma velha taverna. Aquele era um lugar aonde nenhum dos velhos amigos da universidade iria. Ali poderia beber sem ter que explicar o quanto havia se distanciado de sua antiga vida.

Ao se aproximar da taverna, viu uma comoção do lado de fora. Um idoso tinha ficado preso embaixo de uma carruagem. Raskolnikov imediatamente reconheceu Marmeladov, porque os dois já tinham conversado muitas vezes na taverna.

Marmeladov costumava aconselhar Raskolnikov para que não acabasse como ele, sem um tostão no bolso, dependendo da filha para levar para casa todo dinheiro que ela conseguisse ganhar.

— Afastem-se! — disse Raskolnikov. — Eu conheço esse homem.

— Não há nada que possa ser feito por ele! — disse o cocheiro. — Surgiu do nada!

Marmeladov estava gravemente ferido. Raskolnikov viu que o homem tentava falar e se ajoelhou ao seu lado.

— Rodya, leve-me para casa de Sofya — sussurrou Marmeladov.

Com toda a força que conseguiu reunir, Raskolnikov colocou o homem de pé. E com um braço em volta dos ombros, o levou para casa.

A porta da pequena casa de Marmeladov foi aberta por uma jovem. Ela era alta e magra, tinha os mesmos olhos escuros de Marmeladov. O nome dela era Sofya.

— Papai!

Juntos, os dois juntos ajudaram Marmeladov a se sentar em um velho sofá.

Sofya segurou o pai e disse:

— Você precisa de um médico.

— Acho que não tem nada que possa ser feito para ajudar — disse Raskolnikov baixinho.

— Você é médico? — perguntou a jovem para Raskolnikov, em tom de súplica.

— Não, eu estudo direito — ele respondeu calmamente e acrescentou — Mas sei dizer quando uma pessoa está sem qualquer esperança.

Sofya escondeu o rosto no casaco do pai enquanto ele fechou os olhos. Pouco depois, a respiração do homem parou. E assim, Marmeladov se foi.

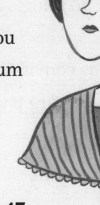

Raskolnikov ficou com Sofya por algum tempo. Explicou para ela como ele e Marmeladov haviam se tornado amigos.

— Ele queria voltar para casa antes de morrer. Queria estar ao seu lado — disse Raskolnikov. — Ele falava muito sobre você.

Sofya enxugou as lágrimas.

— Não sei o que vou fazer sem ele. — E eu não tenho dinheiro nem para pagar um funeral.

Raskolnikov procurou no bolso as últimas moedas que haviam sobrado da venda do relógio e as entregou para Sofya.

— Fique com isso. Não é muito, mas acho que dá para pagar um funeral simples.

Ele sabia que não havia como trazer o pai de Sofya de volta, mas pelo menos seria capaz de ajudá-la com alguma coisa.

CAPÍTULO OITO

Na manhã seguinte, a luz do sol já atravessava as finas cortinas do apartamento quando Raskolnikov se levantou da cama. Ele pensou em Marmeladov. Desde que havia abandonado a universidade, tinha poucos amigos, e Marmeladov era um deles. Raskolnikov então começou a pensar em Alyona Ivanovna.

Que amigos ela tinha deixado para trás quando a matou?

A noite na loja de penhores parecia ter sido um sonho, como se tivesse acontecido com outra pessoa. Na noite anterior, Raskolnikov conseguiu ajudar Sofya durante um momento de necessidade. *Isso com certeza prova que sou uma boa pessoa, não?* Pensou Raskolnikov durante o banho e ao se vestir. Preciso *trabalhar duro para mostrar que esses crimes não foram cometidos* à toa. *Vou ajudar milhares de pessoas.*

Ele então decidiu ir até o apartamento de Dimitri. Esperava que o amigo o ajudasse a se matricular

novamente na universidade, já que agora tinha dinheiro para bancar as mensalidades.

— Estou feliz em vê-lo — disse Dimitri, ao abrir a porta e se deparar com Raskolnikov parado do lado de fora. — Mas, meu amigo, você ainda está tão pálido.

— Eu estou muito bem — respondeu Raskolnikov. — Na verdade, quero voltar para a universidade. Tenho tantos planos, Dimitri, só que preciso da sua ajuda.

— Podemos falar sobre isso em breve, mas, por enquanto, você precisa descansar. Vá para casa e descanse.

Eu o acompanho — disse Dimitri, colocando um dos lenços que tinha no pescoço de Raskolnikov.

∗❀∗

Raskolnikov ainda estava contando a Dimitri os planos que tinha para o futuro, quando abriu a porta do apartamento e viu a mãe acompanhada de Dounia. Elas estavam sentadas à pequena mesa próxima à lareira apagada.

— Rodya — disse a mãe ao se levantar para cumprimentá-lo.

Raskolnikov ficou atordoado. Não sabia que a mãe e a irmã estavam planejando visitá-lo na pequena cidade onde Dounia e ele tinham crescido.

— O que vocês estão fazendo aqui? — perguntou Raskolnikov, jogando-se pesadamente no sofá.

— Sua senhoria nos deixou entrar, meu irmão — disse Dounia, olhando dele para Dimitri.

E, de repente, Raskolnikov se lembrou de Dimitri parado na porta.

— Quero que conheçam meu amigo, Dimitri Razumikhin — disse. — Estudávamos juntos na universidade, antes... — mas a voz de Raskolnikov sumiu.

— Talvez eu deva ir embora... — disse Dimitri.

— Ah, não! Fique — disse Dounia ao se levantar da mesa. — Podemos precisar do apoio de um amigo para nos ajudar a conversar com meu irmão. Receio que ele não goste do que viemos dizer.

Raskolnikov se endireitou enquanto a mãe explicava o motivo daquela visita.

CAPÍTULO NOVE

Raskolnikov ficou zangado. Ele andou pela pequena sala de estar enquanto a mãe falava.

— O casamento será no verão — disse ela. — Luzhin já organizou tudo. E pagou por tudo.

— Sei que você não quer se casar com ele, Dounia — disse Raskolnikov. — Eu o conheci. Ele invadiu minha casa. E me pareceu ser um homem horrível.

Dounia suspirou. E olhou para Dimitri, que trazia um copo de água para o amigo.

— É verdade. Ele não é o tipo de homem com quem eu sonhava me casar. Mas sem o dinheiro dele, mamãe e eu ficaremos sem um tostão furado.

Raskolnikov colocou a cabeça entre as mãos. A culpa era toda dele.

— Por favor, esperem até que eu termine meus estudos. Vou conseguir um bom emprego e enviar dinheiro para vocês — ele disse.

— Você sabe muito bem que não podemos esperar tanto tempo assim — disse sua mãe, baixinho.

Raskolnikov suspirou. Ele sabia que levaria no mínimo mais um ano até estar pronto para conseguir um emprego em algum escritório de advocacia ou como balconista. Além disso, ele não podia dar a elas o dinheiro que havia roubado, pois com certeza perguntariam de onde tinha vindo.

— E o que você quer que eu faça? — ele perguntou, sentindo-se vencido.

— Melhore — disse Dounia sorrindo. — Fique mais inteligente. Mostre a Luzhin que você é tão gentil e atencioso quanto eu sei que você é — ela disse. As palavras "gentil" e "atencioso" atingiram Raskolnikov como se fossem duas pequenas facas direto no coração. Ele sabia que não era nenhuma daquelas duas coisas.

— Onde vocês estão hospedadas? — perguntou Raskolnikov. De repente ele desejou ficar sozinho. Afinal, quando estava sem ninguém por perto, não precisava fingir ser a pessoa que pensavam que ele era.

— Não temos dinheiro para um hotel — disse a mãe, passando os olhos pelo pequeno apartamento. — Achamos que talvez pudéssemos ficar com você por alguns dias.

Um olhar de pânico passou pelo rosto de Raskolnikov. Ele não conseguia imaginar a mãe dormindo em sua cama quebrada, ou mesmo a irmã deitada no chão sujo ao lado. Além disso, o dinheiro e as joias roubados ainda estavam escondidos ali. Era impossível ficarem com ele.

— Talvez eu possa ajudar — disse Dimitri. — Há apartamentos vazios lá na universidade para visitantes de estudantes. Vocês podem ser minhas convidadas.

Raskolnikov ficou mais grato do que nunca ao amigo. Uma dor sufocante se instalou no peito dele enquanto alternava o olhar do rosto da mãe para o da irmã e depois para o do melhor amigo. Essas pessoas eram muito melhores do que ele. Ele não as merecia.

CAPÍTULO DEZ

Na manhã seguinte, Raskolnikov se levantou cedo. Tirou os itens roubados do apartamento, cavou um pequeno buraco próximo ao galpão e os escondeu sob o chão congelado.

Quando voltou para casa, fez o que foi capaz para melhorar a aparência dos aposentos.

Varreu o chão e limpou os pratos sujos. Arrumou a cama e abriu as cortinas. Raskolnikov sabia que a mãe e a irmã logo retornariam, e ele queria tentar ser um homem melhor para elas.

— Recebemos um bilhete de Luzhin — disse a mãe quando chegaram.

Ela passou os olhos pela sala, em busca de um lugar para sentar-se. Dounia guiou a mãe até o sofá, antes de tirar o bilhete da bolsa.

— Ele diz que não quer você no casamento — falou Dounia, baixinho.

— É mesmo? — perguntou Raskolnikov, rindo. — Então eu não lhe dou permissão para se casar com ele!

Dounia sacudiu a cabeça.

— Se você fizer uma coisa dessas, estará condenando mamãe e eu. Seremos duas sem-teto.

Raskolnikov estava cheio de raiva e amargura. Aquele homem baixinho e desagradável estava forçando sua amada irmã a se casar e, mais que isso, tentando excluí-lo da vida dela.

Antes que pudesse dizer mais alguma coisa, a família ouviu uma batida suave à porta do apartamento. Lentamente, uma jovem entrou. Era a filha de Marmeladov, Sofya.

— Lamento incomodá-lo — disse ela, alternando o olhar do rosto de Raskolnikov para o da mãe e da irmã dele. — Eu não sabia que você estava com visitas.

Raskolnikov não conseguiu deixar de sentir prazer em vê-la. Tinha pensado nela muitas vezes desde aquele terrível dia do lado de fora da taverna.

— De jeito algum. Por favor, entre, Sofya — disse ele. — O que posso fazer por você?

— Queria convidá-lo para o funeral do meu pai — disse Sofya baixinho. — Para agradecer por toda a sua ajuda.

— Obrigado — disse Raskolnikov, guiando Sofya de volta para a porta da frente. — Eu ficaria honrado em comparecer ao funeral.

Sofya sorriu com timidez para a família de Raskolnikov e desapareceu pela porta.

Um silêncio se instalou no apartamento. Até que Dounia falou.

— Quero que você se encontre com Luzhin. Se você é capaz de ajudar aquela jovem, também pode me ajudar. Quero você no meu casamento, Rodya.

Raskolnikov assentiu, sentindo-se derrotado.

— Tudo bem — suspirou. — Eu vou, mas só se nos encontrarmos no apartamento do Dimitri. Eu gostaria de ter pelo menos uma pessoa ao meu lado.

Dounia concordou. Se alguém podia manter as coisas calmas durante um encontro entre o irmão e o noivo, esse alguém era Dimitri. Ela o conhecia havia pouco tempo, mas já estava claro que Dimitri era um homem gentil, atencioso e bom. O tipo de homem com quem desejava se casar.

CAPÍTULO ONZE

Na manhã seguinte, Raskolnikov estava aguardando na esquina do lado de fora do prédio da universidade onde Dimitri assistia a uma palestra.

Fazia muito frio e Raskolnikov não tinha comido nada. Afinal, ele não podia tocar no dinheiro que havia roubado, pois tinha medo de que alguém o ligasse ao crime da loja de penhores. E ele havia dado o restante do próprio dinheiro para Sofya no dia em que o pai dela morreu.

— Dimitri! — chamou Raskolnikov, ao ver o amigo surgir da luz vinda da sala de aula.

— Há quanto tempo você está esperando aqui fora? — perguntou Dimitri, preocupado. — Está tudo bem?

— Você tem sido tão bom para mim e para a minha família — disse Raskolnikov. — Mas receio que eu precise de um outro favor.

Os dois amigos caminharam juntos em direção à casa de Dimitri. Raskolnikov então explicou sobre a conversa que iria acontecer no dia seguinte.

— Claro que você pode usar meu apartamento para se encontrar com ele — concluiu Dimitri. Ele só tinha visto Luzhin uma única vez, e não gostou dele. A ideia de que aquele homem se casaria com Dounia o deixara profundamente triste. Estar com Dounia nos últimos dias tinha sido muito agradável.

Raskolnikov colocou a mão no ombro do amigo e sorriu agradecido.

— Rodya Raskolnikov? — ouviu-se uma voz que o encheu de medo. — Estava querendo mesmo encontrar você.

Raskolnikov se virou para ver o detetive Petrovich. Apesar da pequena estatura do homem, ele tinha uma presença forte. Era parrudo, quase como um buldogue.

— Bom dia, detetive — disse Raskolnikov com a maior calma que conseguiu impor na fala. — Este é meu amigo Dimitri Razumikhin. Como posso ajudar você?

O detetive Petrovich ignorou a mão estendida de Dimitri.

— Sr. Raskolnikov, tenho lido alguns de seus trabalhos. Pelo que percebi, foi um aluno promissor.

Raskolnikov sorriu, mas por dentro estava confuso e temendo pelo pior. Por que o detetive estava lendo seus antigos ensaios universitários?

— Fiquei particularmente interessado em um ensaio que escreveu sobre determinadas pessoas estarem *acima da lei* — ele disse. — Poderia explicar o que você quis dizer com isso?

O coração de Raskolnikov começou a bater mais depressa. Um suor frio escorreu por suas costas.

— Eu só estava querendo discutir a ideia de que, se violar a lei significava fazer mais bem do que mal, então talvez essa violação devesse ser permitida.

— Entendi — o detetive Petrovich assentiu.

— Mas foi apenas uma dissertação, detetive — disse Dimitri, com uma pequena risada no fim. — Precisamos escrever sobre todo tipo de coisa quando estudamos a lei. Isso não significa nada.

Mais uma vez o detetive Petrovich concordou.

— Gostaria de discutir melhor seus pensamentos, Raskolnikov — ele disse. — Vá até a delegacia amanhã. — Ele fez um cumprimento com o chapéu e foi embora.

CAPÍTULO DOZE

Naquela noite, Raskolnikov estava sentado em uma pequena mesa na taverna com a mente confusa em meio aos pensamentos. Tinha certeza

de que o detetive Petrovich suspeitava de que fosse ele a pessoa por trás dos assassinatos.

 Repentinamente, os pensamentos de Raskolnikov foram interrompidos quando ele viu um homem grande e bem-vestido sentado na mesa ao lado. E o estranho estava olhando para ele.

— Sr. Raskolnikov, gostaria de falar com você — disse.

— Como sabe meu nome? — perguntou Raskolnikov, com medo de que aquele homem pudesse ser mais um detetive interessado em interrogá-lo.

— Eu perguntei por aí. Alguém me disse que o senhor costuma vir aqui. Meu nome é Svidrigailov — ele respondeu, deixando a mesa onde estava sentado e juntando-se à de Raskolnikov. — Eu conheço sua irmã.

Imediatamente, Raskolnikov percebeu de quem se tratava. Era o tal homem casado que havia contratado Dounia como babá para os filhos, antes que ela se visse forçada a deixar o emprego para fugir do interesse romântico que ele tinha manifestado.

— Sei muito bem quem é o senhor — respondeu Raskolnikov, tentando manter a calma. — O que quer de mim?

Svidrigailov sorriu.

— Nada. Na verdade, gostaria de lhe dar algo — ele disse.

Svidrigailov começou a explicar que sua esposa havia falecido recentemente, deixando algum dinheiro para Dounia no testamento. As duas cuidavam muito uma da outra.

— E eu quero dar a Dounia o dobro do que minha esposa deixou para ela

— disse Svidrigailov. E depois de uma pausa, acrescentou: — Mas só se ela concordar em se casar comigo.

Svidrigailov escreveu o valor total de dinheiro em um pedaço de papel e mostrou para Raskolnikov. Era uma soma extraordinária.

Raskolnikov sabia que Dounia não aceitaria o dinheiro daquele homem – simplesmente pensar nele a fazia se arrepiar. Mas o dinheiro da esposa falecida seria suficiente para tirar Dounia e a mãe da pobreza, comprar uma casa nova e mantê-las confortáveis, pelo menos até que Raskolnikov fosse capaz de ajudá-las de novo. E era dinheiro suficiente para impedir que Dounia se casasse com Luzhin.

— Vou dar o recado a ela, senhor — disse Raskolnikov ao se levantar. Ele estava ansioso para se livrar de Svidrigailov. — Vai ficar em São Petersburgo?

— Estou hospedado no Grand Hotel. Ficarei o tempo que for necessário para que Dounia aceite ser minha esposa — respondeu Svidrigailov.

CAPÍTULO TREZE

Mas o dia seguinte não trouxe alegria a Raskolnikov. Pela manhã, teria que se encontrar com a família e com Luzhin no apartamento de Dimitri, para conversarem sobre o casamento. E à tarde, precisava ir à delegacia para conversar com o detetive Petrovich.

Raskolnikov queria desaparecer.

Ao abrir a porta do apartamento de Dimitri, Raskolnikov se deparou com Dounia e a mãe sentadas no sofá, de frente para uma lareira com fogo crepitante. Luzhin estava encostado na lareira e parecia impaciente.

— Vamos acabar com isso de uma vez — disse Luzhin a Raskolnikov. —

Não quero alguém como você no meu casamento, mas Dounia insiste.

Raskolnikov olhou para Luzhin com desprezo. E então, virou-se para a irmã.

— Dounia, o Sr. Svidrigailov se encontrou comigo ontem para me contar que a esposa dele faleceu. E ela deixou em testamento uma boa quantia em dinheiro para você. O suficiente para você não precisar se casar com esse homem ridículo.

— Escute aqui, seu… — Luzhin começou a falar. Mas, quando Dounia se levantou, ele ficou em silêncio.

— Isso é verdade, Rodya? — ela perguntou.

Raskolnikov assentiu.

— E pretende lhe dar mais dinheiro, mas com a condição de que se case com ele. Mas eu a conheço o suficiente para saber qual será a resposta a uma proposta como essa.

Os olhos de Luzhin brilharam com intensidade.

— Quanto dinheiro a esposa desse homem deixou para Dounia? — perguntou.

— Quando nos casarmos, serei o responsável por todo o nosso dinheiro, é claro.

Com raiva nos olhos, Raskolnikov deu um passo em direção a Luzhin. Dimitri afastou Raskolnikov, enquanto Dounia se virava para Luzhin.

— Luzhin — disse Dounia, respirando fundo. — Acho que sabe muito bem que não sou apaixonada por você. Eu precisava que cuidasse de minha mãe e de mim, mas agora isso não é mais necessário. Os olhos de Luzhin se arregalaram quando Dounia continuou: — Eu o deixo livre do nosso noivado.

— Você não pode fazer isso! — gritou Luzhin, erguendo a mão como se fosse bater em Dounia.

Dimitri correu e ficou entre os dois.

— Na verdade, senhor, ela pode sim — disse. — Eu posso até ser um mero estudante de direito, mas, se uma dama muda de ideia a respeito de um noivado, ela tem todo o direito de terminá-lo.

Dounia entregou o anel de noivado que Luzhin lhe dera e o viu bater a porta do apartamento de Dimitri atrás de si.

— Que faça boa viagem! — aplaudiu a mãe de Dounia.

Dimitri e Dounia se abraçaram alegres, enquanto Raskolnikov os observava. Ele estava feliz pela irmã e satisfeito com a partida de Luzhin, mas não conseguia sentir a mesma alegria que eles.

Seu coração ainda estava pesado com os crimes que havia cometido. Raskolnikov achou que nunca mais conseguiria ser feliz. E talvez nem merecesse ser.

CAPÍTULO CATORZE

O detetive Petrovich havia escolhido uma sala pequena, fria e sem janelas para conversar com Raskolnikov. E colocou um copo de água na frente dele.

— Obrigado por vir me encontrar aqui — disse o detetive com um sorriso largo. — Gostaria de lhe fazer algumas perguntas, pois o senhor me parece ser um homem inteligente. Esteve com a senhorita Ivanovna no dia em que ela foi assassinada, certo?

Raskolnikov balançou a cabeça afirmativamente.

— E retornou depois que a loja foi fechada?

— Não — respondeu Raskolnikov. — Fiquei em casa a noite toda.

— Por que então veio à delegacia no dia seguinte? — perguntou o detetive.

Raskolnikov explicou que a senhoria dele havia feito uma reclamação sobre o aluguel atrasado. E disse também que não tinha comido naquele dia e acabou passando mal, por isso desmaiou.

— E por que foi até a casa de penhores no dia em que nos conhecemos? — perguntou Petrovich.

Os olhos de Raskolnikov correram de um lado para o outro, procurando uma resposta. Na verdade, ele não sabia o porquê.

— Fiquei curioso — respondeu.

O detetive Petrovich se inclinou sobre a mesa. A voz dele era calma, mas firme.

— Sr. Raskolnikov, acredito que o senhor assassinou a senhorita Ivanovna e a irmã dela. O senhor tinha motivo, pois queria recuperar seus pertences e tudo o que mais conseguisse roubar. Foi visitar a cena do crime, porque talvez tenha ouvido que uma outra pessoa confessou o crime. E foi o senhor mesmo que escreveu um ensaio sobre por que violar a lei é algo bom se fizer isso pelos motivos certos.

Raskolnikov ficou sem palavras. Ele estava assustado demais para

falar qualquer coisa. Afinal, o detetive Petrovich estava totalmente certo.

O detetive Petrovich se recostou na cadeira e falou com alegria.

— É claro que eu não tenho provas disso, então está livre para ir embora. Mas é só uma questão de tempo. Sei que o senhor matou aquelas mulheres. E vou provar isso.

CAPÍTULO QUINZE

O funeral de Marmeladov aconteceu em uma pequena igreja alguns doloridos dias depois da conversa entre Raskolnikov e o detetive Petrovich. Sofya estava sentada na primeira fileira e usava o melhor chapéu que tinha. Raskolnikov se sentou o mais próximo possível da porta.

Ele se sentiu desconfortável na casa de Deus ao se lembrar dos terríveis pecados que tinha cometido. Mas Raskolnikov queria estar ali para reverenciar o amigo e apoiar Sofya.

Depois do funeral, Sofya convidou os presentes para irem à taverna. Ela não tinha dinheiro para oferecer bebida ou qualquer outra coisa a ninguém, porém, mesmo assim, um pequeno grupo de pessoas foi. Logo ela viu Raskolnikov sentado sozinho em um canto. Ele parecia doente e pálido.

Raskolnikov estava pensando no detetive Petrovich. E se imaginou preso naquela sala minúscula sem janelas onde o detetive tinha feito as acusações.

— Obrigada por vir — disse Sofya ao se sentar ao lado dele. Ela colocou suas mãos sobre as dele e Raskolnikov as segurou. — Você está bem?

— Não se preocupe comigo — disse Raskolnikov. — Como você está? Já pensou no que vai fazer a partir de agora?

Sofya olhou para baixo.

— Não sei — ela respondeu. — Ainda tenho um pouco do dinheiro que você me deu. Ele vai me ajudar por enquanto.

De repente, Raskolnikov teve uma ideia.

— Eu tenho dinheiro! — disse.
— Muito dinheiro. E não posso
usá-lo, mas você pode!

Sofya balançou a cabeça.

— Desculpe-me, Rodya — disse
ela. — Mas você não parece alguém
que tem dinheiro sobrando.

Agora tudo estava claro para
Raskolnikov. Ele sabia que não
poderia gastar o dinheiro nas
mensalidades da universidade;
o detetive Petrovich com certeza
perguntaria como ele tinha
conseguido a quantia. Mas, se
Sofya pegasse o dinheiro roubado
para ajudar a si mesma e à família,
então assim algo de bom poderia

vir dos assassinatos que ele tinha cometido.

— Sofya, por favor — disse Raskolnikov. — Se eu lhe der esse dinheiro, você também vai estar me ajudando.

— Não estou entendendo nada. Como me dar dinheiro vai ajudar você? De onde veio esse dinheiro?

Raskolnikov olhou para a mesa. Ele tinha uma decisão a tomar. Poderia continuar mentindo e fingir que o dinheiro veio de qualquer outro lugar, ou poderia confessar. Era aterrorizante, mas talvez contar a verdade a alguém fosse a coisa certa a fazer.

— O dinheiro veio de Alyona Ivanovna — sussurrou por fim. Dizer o nome dela em voz alta fez o estômago dele revirar.

Sofya soltou a mão de Raskolnikov.

— Aquela mulher dona da loja de penhores que foi assassinada? — perguntou. — Ela e a irmã?

Raskolnikov assentiu.

— Eu matei as duas. E fiz isso para conseguir dinheiro suficiente para pagar as minhas mensalidades da universidade. Eu queria me formar em advocacia e salvar minha irmã de um casamento terrível. Agora, minha irmã tem o próprio dinheiro. E não precisa mais da minha ajuda. Mas eu não posso usar o dinheiro para estudar porque alguém pode descobrir de onde veio. Meu ato perverso terá sido em vão, a menos que você pegue esse dinheiro que roubei e o use para si mesma.

Sofya não disse nada por alguns minutos. Raskolnikov tinha certeza de que ela o desprezava. Até que Sofya colocou a cabeça no ombro de Raskolnikov e apertou o braço dele.

— Você cometeu, sim, um grande erro — disse ela por fim. — E percebo que sabe disso.

Mas me dar esse dinheiro não vai lhe dar a redenção. Isso não vai fazer você se sentir melhor.

Os olhos de Raskolnikov se encheram de lágrimas.

— Agora que sabe que sou um assassino, você me odeia? — ele perguntou.

Sofya enfiou a mão no bolso e tirou uma pequena cruz de madeira pendurada em uma corrente fina. Ela usava uma igualzinha. E, em silêncio, colocou a corrente em volta do pescoço de Raskolnikov.

— Eu não odeio você. Sei que pode ser um bom homem. Mas você precisa confessar seus crimes — ela disse.

— E, quando fizer isso, esta cruz vai lembrá-lo de que estou com você.

Sofya beijou Raskolnikov na testa e o deixou sozinho. Raskolnikov estava tão imerso nos próprios pensamentos, que não percebeu o homem grande que o observava das sombras. Era Svidrigailov, e ele tinha ouvido tudo.

CAPÍTULO DEZESSEIS

Raskolnikov sabia que não demoraria muito para que todos descobrissem os crimes cometidos por ele. Ou confessava, ou o detetive Petrovich conseguiria encontrar as provas de que precisava e o prenderia de qualquer maneira. De uma forma ou de outra, ele iria para a cadeia.

Algumas semanas antes, Raskolnikov conseguia ver o futuro pela frente. Acreditava que, ao conseguir dinheiro, todos os seus problemas acabariam. Ele se formaria na faculdade de direito e se tornaria um advogado de renome. Assumiria casos que ajudassem as pessoas.

Acreditava que assim pagaria a dívida que tinha com o mundo. Mas isso não ia mais acontecer. Sofya o ajudou a perceber que confessar os crimes era o único caminho a ser seguido.

Mas antes que fosse à polícia, Raskolnikov precisava ter certeza de que a mãe, a irmã e Sofya ficariam bem. Pelo menos agora que Dounia tinha algum dinheiro, ela conseguiria comprar uma casa, ainda que simples. E ele tinha certeza de que Dimitri cuidaria delas também. Na verdade, ele estava convencido de que o amigo já estava bastante apegado à irmã.

No entanto, naquele momento, Dounia não estava com Dimitri. E sim na porta do quarto do hotel em que Svidrigailov se hospedou, segurando um bilhete amassado nas mãos trêmulas.

Querida Dounia,

Encontre-me esta tarde no Grand Hotel. Vou lhe dar o dinheiro que minha esposa deixou para você quando faleceu. Mas venha sozinha, porque tenho algo muito importante para lhe contar. Se vier acompanhada, você e toda a sua família vão se arrepender.

Sempre seu,

Svidrigailov.

— Ah! Você veio! — disse Svidrigailov, afastando-se para deixar Dounia entrar no quarto. — Que bom revê-la.

Dounia respirou fundo e atravessou a porta.

— Estou feliz que tenha vindo. Queria me desculpar pelo meu comportamento quando minha esposa estava viva. — Svidrigailov esperou por uma reação de Dounia mas, como ela não disse nada, pegou um pedaço de papel de cima da mesa. — Aqui está o dinheiro que minha esposa deixou para você. Ela a considerava uma verdadeira amiga.

Dounia deu um pequeno aceno de cabeça. Pegou o cheque, colocou-o na bolsa e se dirigiu para a porta.

— Não tão rápido, por favor — disse Svidrigailov. — Tenho uma proposta para fazer a você.

— Você não tem nada para me oferecer — disse Dounia. — Não quero nada que venha de você.

Svidrigailov sorriu de forma maliciosa. — Você sabia que seu irmão é um assassino? — perguntou. Ele observou com satisfação o rosto de Dounia se contorcer.

— Isso não é verdade. — Seu irmão estava passando por momentos difíceis, e até tinha agido de maneira estranha na semana anterior, mas Dounia não conseguia acreditar que ele fosse capaz de matar alguém.

— Eu mesmo o ouvi confessando para uma jovem em uma taverna. Ele disse que matou a velha dona da loja de penhores e a irmã dela para pagar as mensalidades da universidade. Agora me diga, por que eu inventaria uma história como essa se não fosse verdade?

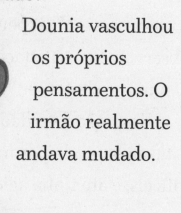

Dounia vasculhou os próprios pensamentos. O irmão realmente andava mudado.

Vivia distraído. E ficava zangado com facilidade. Ele poderia mesmo ter cometido esses crimes?

— Mas estou disposto a esquecer tudo o que ouvi. Com uma condição — disse Svidrigailov.

Dounia sentiu um mal-estar, com medo do que ele diria em seguida.

— Case comigo e não contarei nada do que eu sei para a polícia.

Dounia deu um passo para trás na direção da porta. Ela tinha acabado de se livrar de um noivado forçado e agora estava diante de outro. E, desta vez, ela estaria noiva de um homem muito pior. Luzhin podia até ser frio e esnobe, mas pelo menos nunca a ameaçou. O dia dela tinha começado com sonhos de uma casinha com a mãe. De talvez poder ver Dimitri com mais frequência. Mas agora tudo estava desmoronando ao seu redor.

Nesse mesmo momento, Dounia avistou o abridor de cartas de Svidrigailov sobre uma mesa que ficava perto da porta. Ela agarrou o objeto e partiu em direção ao homem. Svidrigailov se desviou bem a tempo. Dounia largou a lâmina e começou a chorar.

Svidrigailov olhou para Dounia. Não queria nada além de estar ao seu lado, não importava o que aquilo custasse. Mas ela estava disposta até mesmo a machucá-lo para não se casar com ele! Svidrigailov suspirou de forma pesada.

— Você me odeia tanto assim, Dounia? — ele perguntou. — Tudo o que fiz foi amar você.

— Você não é capaz de amar! — exclamou Dounia. — Você intimida e ameaça as pessoas para conseguir o que quer. Você é um monstro!

Svidrigailov se encostou na parede do quarto. Ele percebeu que nunca teria o amor de Dounia.

— Então vá embora — disse ele, cansado. — Não vou contar nada sobre o desgraçado do seu irmão. Só saia daqui.

Ela correu para a porta e saiu do hotel direto para as ruas frias. E não parou de correr até chegar ao apartamento de Dimitri. Quando ele abriu a porta, Dounia caiu em seus braços.

CAPÍTULO DEZESSETE

Raskolnikov viu Svidrigailov a distância. Ele perambulava pelas ruas de São Petersburgo havia cerca de meia hora, esperando que o ar fresco o ajudasse a pensar com mais clareza sobre o que estava prestes a fazer. Svidrigailov estava sentado em um banco com a cabeça entre as mãos. Apesar de odiá-lo, Raskolnikov se sentiu atraído a falar com ele.

— O que está fazendo aqui, Svidrigailov? — perguntou.

Svidrigailov ergueu os olhos. Eles estavam vermelhos e o rosto manchado por lágrimas.

— Não sei — respondeu. — E o que isso importa?

— Deu à minha irmã o que deve a ela? — perguntou Raskolnikov.

Svidrigailov assentiu.

Raskolnikov estava prestes a ir embora quando o homem disse:

— Quem era a garota com quem conversava na taverna na outra noite?

O sangue de Raskolnikov gelou. Imediatamente, a mão dele alcançou a cruz ao redor do pescoço.

— Sofya — respondeu ele. — Ninguém com quem você precise se preocupar.

Svidrigailov então enfiou a mão no bolso do casaco e entregou para Raskolnikov um cheque de uma enorme soma de dinheiro.

— Dê isso a ela — disse.

Incrédulo, Raskolnikov olhou para o cheque.

— Mas por quê?

— Era o dinheiro que eu queria dar para a sua irmã. Eu esperava que fosse um presente de casamento. Mas dinheiro nenhum seria suficiente para convencê-la a me amar — disse Svidrigailov. — Essa garota, a Sofya, me pareceu não ter nada. Eu não preciso do dinheiro. — E assim Svidrigailov transformou sua expressão de pena em um sorriso amargo. — Talvez ela possa usá-lo para visitar você na prisão — disse.

Os olhares de Raskolnikov e Svidrigailov rapidamente desse cruzaram.

— O que você disse? — ele sussurrou.

Mas Svidrigailov já tinha começado a se afastar. E Raskolnikov não sabia aonde estava indo, nem perguntou. Sua única certeza agora era a de que uma outra pessoa sabia que ele havia assassinado as duas mulheres. Seu tempo estava se esgotando. Precisava confessar os assassinatos antes que alguém fizesse isso por ele.

CAPÍTULO DEZOITO

Raskolnikov estava do lado de fora da porta do apartamento de Dimitri. E conseguia ouvir a mãe e a irmã conversando baixinho lá dentro. Dounia finalmente estava livre de Luzhin e de Svidrigailov, e tinha dinheiro para cuidar da mãe. Raskolnikov tinha certeza de que Dimitri estava apaixonado por Dounia. A maneira como ele olhava para sua irmã e cuidava dela era mais do que a de apenas um amigo.

Raskolnikov sabia que os dois seriam felizes juntos.

Sofya quase desmaiou quando Raskolnikov entregou o dinheiro de Svidrigailov a ela. No início, hesitou em aceitar. Aquilo parecia bom demais para ser verdade. Mas, depois do

incentivo de Raskolnikov, acabou aceitando. Aquele dinheiro salvaria não só a ela como também sua família, e ela talvez pudesse fazer algum bem com ele. Um bem que Raskolnikov nunca mais teria a chance de fazer.

Enquanto caminhava até a delegacia para confessar seus crimes, Raskolnikov respirou fundo e tentou se lembrar de cada detalhe do mundo à sua volta.

Os prédios altos, o sol brilhando por entre os galhos das árvores, o jeito como a neve se acumulava na beira da estrada. Esta seria a última vez que ele veria tudo aquilo como um homem livre.

De repente, ele parou. Já não sabia mais se seria capaz de levar a cabo a confissão. Talvez ainda houvesse tempo de buscar as joias roubadas e recomeçar os estudos.

Mas, quando olhou ao redor, ele viu uma pequena figura a distância. Era Sofya. Da mesma forma repentina como tinha duvidado se faria aquilo

ou não, agora Raskolnikov sabia o que precisava fazer. Tinha que provar para Sofya e para a família dela que ele havia mudado.

E já nos degraus da delegacia, Sofya conseguiu alcançá-lo.

— Vou ficar ao seu lado — disse, pegando a mão dele.

Raskolnikov respirou fundo pela última vez e entrou na delegacia.

— Eu gostaria de falar com o detetive Petrovich, por favor.

O detetive caminhou lentamente, vindo da parte de trás da mesa dele. No rosto tinha um sorriso pequeno.

— Você tem algo a me dizer? — ele perguntou.

— Sim — respondeu Raskolnikov. — Quero confessar os assassinatos de Alyona Ivanovna e da irmã dela.

EPÍLOGO

Dimitri e Dounia se casaram, e ele conseguiu terminar os estudos. O casal feliz morava em uma casa elegante em São Petersburgo, junto com a mãe de Dounia. A prisão de Raskolnikov partiu o coração de sua mãe. Ela sempre se sentiu triste por causa do filho que havia perdido e por aquilo que ele poderia ter sido.

Sofya usou o dinheiro que ganhou para ajudar o que restava da família em São Petersburgo.

Ela então se mudou para a Sibéria, passando a viver em uma pequena cidade próxima da enorme prisão para onde Raskolnikov tinha sido transferido. Ela o visitava sempre que podia.

Ao longo dos anos de prisão, Raskolnikov entendeu a gravidade de seus crimes. Ele não podia mais se enganar achando que tinha feito a coisa certa. Não importava quão renomado advogado ele poderia ter sido como, ou quantas pessoas ele poderia ter ajudado... Nada valeria a vida de duas pessoas inocentes.

Dimitri é romântico, nervoso e impulsivo. Já Ivan é ateu, racionalista e extremamente inteligente. E Alyosha é um monge, carinhoso e misericordioso. Mas o meio-irmão, Smerdyakov, bastante introvertido e discreto, é tratado como um empregado pelo próprio pai, Fyodor Karamazov – insensível, egoísta e ausente em relação aos próprios filhos. Quando Dimitri, que está noivo, apaixona-se por outra mulher e resolve ir atrás da herança escondida pelo pai, as tensões dentro da família crescem assustadoramente. Uma desgraça será a única maneira de mudar os rumos dessa família?

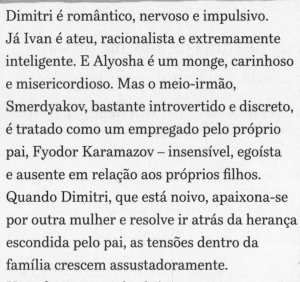

Será que Alyosha conseguirá unir a família Karamazov antes que o pior aconteça?